Farce tres nouvelle
et tres ioyeuse des Es-
coliers qui veulent estre
Maistres Boyseurs

FARCE TRES NOVVELLE & TRES IOYEVLSE DES ESCOLIERS QUI VEVLENT ESTRE MAISTRES BOYSEURS

FARCE TRES NOVVE-
LLE & TRES IOYEVLSE DES
ESCOLIERS QUI VEVLENT ESTRE

maiſtres boyſeurs ☙ compoſée par illuſ-
tre docteur Arthus de Caubray lyon-
nois ☙ & miſe au champ de publi-
cation par les anciens Clercs
& Eſtudiants du College
de la Trinité
de Lyon

Avec pourtraictures de F. Bauer, peintre d'Imayges.

A LYON

Par Alexandre Rey en la ruë Gentil (autrefoys de l'Archidiacre) derriere
Sainct-Nizier.

M DCCC XCIX

AVANT-DIRE

Ie voudrais, ô public ami,
  Devant qu'à ce théâtre on joue
Des chofes drôles… à demi,
Dire pourquoi l'auteur fecoue
Le joug de l'actualité,
Et veut s'effayer à l'antique
Farce, cefte Moralité
Qui faict la nique au fel attique
Et n'aime que le fel gaulois.

. . . .

Peut-eftre, pour l'auteur novice,
Eft-il tentant, le « vieux françois »,
Avec fon allure fimplice,

Moule des modernes argots ?
On l'aime, ceſte langue mère,
Alors déjà riche des mots[1],
Qui devaient, plus tard, d'Angleterre
Ou d'ailleurs, en tas revenir.

. . . .

Peut-eſtre auſſi noſtre poëte,
Retournant au paſſé, ſouhaiɛte
Ainſi d'un peu ſe rajeunir !...

. . . .

Peut-eſtre veut-il cette joie
D'écrire des vers de huiɛt pieds,
Libres comme poulains aux prés,
Comme pourceaux veſtus de ſoie ;
Vers qui s'envoleront, rimant
A leur guiſe, au gré du moment ;
Vers libres qui ſeront plus braves
Et joyeulx d'eſtre ſans entraves !

. . . .

Vous me trouvez hors de ſaiſon
Après boire ?... Morbleu, j'y penſe :
En notre bon pays de France
S'impoſe une comparaiſon.
L'eſprit, comme le vin, peut-eſtre
Gagne à nous venir de l'Ancêtre ;

[1] Record, paroli, etc., etc.

F. BAUER

Mais seuls alors les fins gourmets
Peuvent en goûter les fumets !

. . . .

Comme ils ne sauraient applaudir
A des choses, pour eux trop vieilles,
Les sots sont priés de sortir !

. . . .

On va déboucher les bouteilles !...

La Farce eſt à ſept perſonnaiges, c'eſt aſſauoir :

LES ACTEVRS

❨ FINE-MINE
❨ FAUX-SEMBLANT
❨ PIPE-DEZ } Eſcoliers.
❨ BATAILLARD
❨ TESTE-VERTE
❨ LE MAISTRE D'ESCOLE
❨ LA PRINCESSE DES HINDES

Repreſentée pour la premiere foys ſur les Treteaux des Anciens Eſcoliers du College de la Trinité de Lyon (actu-
ellement Lycée Ampere) le vᵉ iour du
moys de mars mil huict cent
nonante neuf

FARCE TRES NOVVELLE & TRES
IOYEVLSE DES ESCOL-
IERS QVI VEVLENT
eſtre Maiſtres
Boyſeurs.

❡ BATAILLARD *examinant une eſpée*, PIPE-DEZ,
FAUX-SEMBLANT *dans un coin — marmottant —
ayant l'air inquiet des ſourds.*

PIPE - DEZ *arrivant, allure preſſée.*

Iour ! Bataillard !

BATAILLARD

Que Dieu te gard !
Pipe-Dez ! Que font les nouvelles ?

PIPE-DEZ

Voyre, que dans ſes eſcarcelles
Pipe-Dez n'a plus un patard !...

BATAILLARD

Ce n'eſt pas choſe bien nouvelle

PIPE-DEZ

Et vient chez eſcoliers amis
Quérir quelques ſols pariſis !

BATAILLARD

Da ! Vécy choſe plus nouvelle ;
Car ſommes eſcoliers & gens
De ſcience ou joye, non d'argent.
Pour moi, de ma gibecière
Le dernier onzain ſortit hière
Pour ceſte eſpée — mais Faux-Semblant
A bien ung teſton jaune ou blanc.

❡ *Depuis le moment où* PIPE-DEZ *a parlé d'emprunt,* FAUX-SEMBLANT *s'eſt éloigné, paraiſſant chercher un objeſt perdu. Il va ſortir.*

PIPE-DEZ *courant après* FAUX-SEMBLANT,
& parlant comme à un ſourd dont il ne veut eſtre entendu.

Eh ! Faut-il te prendre à la courſe ?
Faux-Semblant de malheur ! Vieux ſourd !

FAUX-SEMBLANT *ahuri.*

N'auriez-vous point trouvé ma bourſe ?

F. BAUER

BATAILLARD

On ne le prend iamais à court ;
Malin comme un finge, ce fourd !

PIPE-DEZ

Et avare comme eft un ours
De bonnes grâces ! Bah ! je tente.

Criant très fort.

Holà ! Seigneur de Faux-Semblant
Qui êtes de race fi gente

Plus bas à Bataillard.

Qu'on diĉt fils d'Ève & du Serpent,

Haut.

Avez-vous pour moi de l'argent ?
Vous le rendray plus tard !

FAUX-SEMBLANT

Trop tard !
Eh ! ne fuis point banquier lombard !

❡ *Entrée de Fine-Mine.*

BATAILLARD *à* PIPE-DEZ

Prye Fine-Mine qu'il te prête,
Car sa bourfe eft toufiours ouverte !

FINE-MINE

Aussy, comme il fied à Poëte,
Très plate :

Il compte fa monnoie.

Dix fols ! Partageons.

PIPE-DEZ *défignant* TESTE-VERTE
qui arrive bâillant et s'étirant.

Non ! Tefte-Verte a mieux qui vaille
Et le voicy venir qui bâille
Comme poiffon fans eau.

BATAILLARD

Gageons

Qu'il va conter quelque aventure.

A Tefte-Verte.

Tefte-Verte a fommeil encor ?

TESTE-VERTE

Parbleu ! — j'ai paffé nuiɛt fi dure
Que j'ai comme une courbature.

PIPE-DEZ *finement.*

Alors ta bourfe eft pleine d'or ?

TESTE-VERTE

Ouy — me croys homme très habile
Pour ce que j'ai dames en ville
Qui me donnent la chofe vile
Qu'eft ceftuy métal monnoyé.

Il faiɛt tinter quelques louis.

FAUX-SEMBLANT *tendant l'oreille.*

Que parles-tu d'être noyé...
N'as-tu donc plus l'âme marine ?

PIPE-DEZ

Pour moy, fi n'ay plus rouge liard,
C'eft que celle que je lutine,
Mon hofteffe près du Rempart,
Chez qui fi bien l'on rit et difne,
M'a pris tout mon gain au foudard
Et au marchand qui la patinent ;
... Et n'ay plus rien des fols gaignés.

BATAILLARD

Leur as-tu bien pipé les dez ?

PIPE-DEZ

Ouy. Morbleu ! De tels Boys-coiffés
Avaient contre moy trop de chance.

Mais comme jufte redevance
Ma maîtreffe m'a tout repris
Comme eftant l'or de fes amis.

TESTE-VERTE

GATE-MÉTIER ! Dindon de Farce !
Miché ! Tu nous rends tous honteux,
Nous qui voulons eftre boyfeux.
Tu es pis qu'andouille fans farce !
Ne veux point te prêter argent,
Pour le bailler à cefte femme !

TOUS

TOUT beau ! La paix ! Comme il s'enflamme !

BATAILLARD

MOY, pour moins que ça, fur mon âme,
Arfoir j'occis un grand fergent !
Le faquin dit en épigramme
Qu'efpée eftait à mon cofté
Comme hallebarde à gens d'églife.
Du mien cofté l'eus vite oftée
Et dans fon fien cofté l'ai mife
Comme broche en poulet rôti...
Il vit bien qu'il avait menti.

F. BAUER

FINE-MINE *ironique.*

Bon point pour le prix de boyſage
Qu'auiourd'huy l'on donne au plus ſage !

TESTE-VERTE

Nenny — c'eſt pour le plus coquin !

BATAILLARD

Non, le plus fort.

FAUX-SEMBLANT

Le plus malin.

PIPE-DEZ

Tiens ! Le ſourd entend à cette heure :
Signe de guigne & de male heure.

BATAILLARD

Ou bien que le temps va changer ;
Il ouyt quand il va neiger
Et lorſque le tonnerre gronde.

PIPE-DEZ

Christ a dit : les ſourds entendront,
Auſſy les aveugles verront,
Lorſque viendra la fin du monde.

FINE-MINE

Vous êtes de méchantes gales ;
Soyez donc un peu charitables !
C'eſt ſi dur de ne plus ouyre
Au printemps les oiſeaux qui chantent !
C'eſt ſi dur de ne plus ouyre
Ce que diſent lèvres d'amante,
Quand au fond de ſes yeux on mire
Un déſir fol auquel conſente
Le tendre aveu de ſon ſourire !
C'eſt ſi dur de ne plus ouyre
Ce que dict la voix d'une amante,
Qu'elle ſoit vraye ou qu'elle mente !
C'eſt ſi dur de ne pas ouyre
Lorſque plus rien n'y fait le mire.

BATAILLARD

O trop bonne âme de poëte
Qui prend pitié de Faux-Semblant,
Ce vil marquis de Cœur-Tremblant,
Papelard, ſournois, mais pas bête.

FINE-MINE

Da ! — Vous êtes jaloux de luy,
Pour ce qu'il fera ce jourd'huy
Proclamé grand maiſtre ès boyſage ;
Et vecy ce qui vous enrage.

BATAILLARD

Poëte gobe-mouche, apprends
Dudit efcolier Faux-Semblant
Comme on eft toufiours en avant ;
Vois comme il marche fur les autres,
Les confolant de patenoftres,
Mais les piétinant fans mercy.
Ecoute bien ce méchant gnome.

S'adreffant à Faux-Semblant et parlant plus fort.

O Faux-Semblant approche icy !
Dis-nous comment dans le royaume
Tu veux gagner argent, honneurs,
Puiffance comme grands feigneurs ?

FAUX-SEMBLANT

A la puiffance & aux honneurs
J'irai tout droit ou par traverfe ;
Si ne furmonte par courage
J'empateline par boyfage !
Tant pis pour ceux que je renverfe !

TESTE-VERTE

Me prendrais-tu mes maîtreffes
Qui me donnent or & tendreffes ?

FAUX-SEMBLANT

Ouy.

PIPE-DEZ

Prendrais-tu mes dez-pipés?

FAUX-SEMBLANT

Ouy.

BATAILLARD

Me prendrais-tu mon efpée?

FAUX-SEMBLANT

Ouy.

BATAILLARD

Je vais couper tes oreilles.

FAUX-SEMBLANT *indifférent.*

Je trouveray bien les pareilles.

FINE-MINE

A moy me prendrais-tu mes rimes?

FAUX-SEMBLANT

Ouy.

F. BAUER

FINE-MINE

Non : elles font fur des cimes
Où vole l'aigle de Jupin
Peut-être, mais non l'aigrefin.

Entrée du MAISTRE D'ESCOLE, *suivi de la* PRINCESSE DES HINDES. — *Les efcoliers fe rangent refpectueufement.*

LE MAISTRE

Escoliers, apprentis boyfeux,
Gens de jeu, de joye ou d'efpée,
Befoigneux, poëtes mufeux,
Venez vous prendre à la pipée !
Oyez mon difcours ; affavoir :
Je vous préfente une princeffe
Qui vient des Hindes pour fçavoir
Si vault mieux l'Europe en fageffe !
On dict qu'elle cherche un mary
Qui fera puiffant prince auffy.
Le trouvera-t-elle à Paris
Mieulx qu'en Efpagne, Iflande, Irlande,
Même Angleterre & Néerlande,
Pays fans fuccès vifités !

. . . .

Reftait notre Univerfité !
Elle vient à vous !... Efpérons

Qu'elle verra combien excelle
Le Français fur l'Anglo-Saxon.
Il faut vaincre tous les records,
Comme on dict en langue nouvelle.

TESTE-VERTE

Vécy minois qui n'eft point ord !
Gentil ferait de l'accoler !

FAUX-SEMBLANT

Pourquoi cette Hindienne étrange
N'eft-elle point carotte, orange,
Vert, bleu, noir, rouge ou violet ?
Pourquoy sa peau luyct fi blanche ?

FINE-MINE *fort au fourd.*

Elle s'eft faict blanchir à Londres.

BATAILLARD

Tu gaufferais des hypocondres.

LE MAISTRE *continuant.*

Et pour vous contempler très beaux

La Princeffe vient à proupos,
Car pour le concours de maiftrife
Il faut que chacun de vous dife
Comment il convient qu'on féduife
Dame Fortune qui eft femme !

TESTE-VERTE *à part.*

Les femmes ont pour moy bonne âme.

Haut.

Que Madame juge entre nous
Afin que mieulx chacun tournoife.

BATAILLARD

Cela ne nous fied pas à tous
Que femme juge qui mieulx boyse.

FINE-MINE

Parler corde appelle ung pendu,
Et boys, ung amoureux branchu.

LA PRINCESSE

Boyser dont vous jafez fans ceffe
Maiftre, Escoliers, dictes-moy, qu'effe ?

FINE-MINE

Voulez fçavoir ce qu'eft boyfer ?
C'eft raboter, c'eft menuyfer,
C'eft taillader noyer ou chêne
A larges coups gliffés fans peine ;
Le boys s'en amincift à peine,
Et cependant de gros copeaux
S'amoncèlent en des rouleaux,
Volumineux, mais peu lourdaux :
Copeau flambant quand on l'allume,
Mais léger comme au vent la plume !
Voulez fçavoir ce qu'eft boyfer ?
C'eft envers tout & tous rufer ;
C'eft auffy l'art de bien peu faire,
Tout en femblant très beaucoup faire !

FAUX-SEMBLANT

Boyser ! c'eft adoucir les gens
De petits coups de rabot, gents,
Qui tout doux careffent l'échine,
Les rendant foüefs & polis,
Comme boys trop noueulx fur qui
Paffa, rabota la machine.

PIPE-DEZ

C'eft tromper fur le boys vendu
Ou bien fur l'argent dépendu ;

F. BAUER

Et l'on dict que très bien il boyfe
Cestuy qui vend à fauffe toife.

LE MAISTRE

Non : je diray maiftre boyfeur
Iceluy de treftous vainqueur.

LA PRINCESSE

Nenny : ferais très mauvais juge
Pour décider qui le mieulx gruge
Son voifin. N'aime pas qui ment !
Car filles ou femmes nous fommes
Toutes de premier mouvement,
D'inftinct, non de raifonnement ;
Oncques fy nous trompons les hommes
Sera comme Eve... pour des pommes !

.   .   .   .

Ne fçais pourquoi tel homme plaift ?
C'est d'inftinct pour ce qu'il eft crâne,
Intellectualle & bien faict :
Mais n'aimons pas cet éviré,
Plus ferpent que ferpent qui damne,
Que doit eftre un parfaict boyfeur.

TESTE-VERTE

Estre mâle — c'eft mon bonheur !

LE MAISTRE *parlant solennellement.*

Au nom du Roy, Maiſtre de France,
Au nom de l'Univerſité,
Nous, voſtre Recteur reſpecté,
Déclarons ouvrir la ſéance;
Et décernerons la Maiſtriſe
(Pour quoi ce collège eſt fondé)
A ceſtuy qui ſera monſtré
Le mieulx armé pour conquérir,
Icy-bas, Puiſſance & Honneurs,
Moult bonne monnoye & grandeurs!
— Pour ce chacun allez venir
Sur ces tréteaux & diſcourir —
Nous direz comme il faut qu'on boyſe
Sans que jamais on cherche noiſe;
Car boyſeur n'eſt pas pourfendeur :
Mais malin & bon accordeur,
Qui doit tout gaigner par adreſſe.
Da! Seyez-vous, noble princeſſe,
Et ſur chacun donnez advis
Comme tous ces eſcoliers-cy.

BATAILLARD *s'avance glorieux & ſuperbe.*

Bataillard — eſcolier notoire,
D'eſpée, & presque ſpadaſſin,
J'ai conçu le fier deſſein
De conquérir fortune & gloire,

Par ma vaillance & mon courage.
Savez qu'aujourd'huy l'homme eſt lâche :
Je feray peur, fachant tirer
L'eſpée, auſſy le piſtolet,
Et je feray grand capitaine.

TESTE-VERTE

A MOINS que ne ſoys tire-laine.

FAUX-SEMBLANT

BATAILLARD n'eſt pas vrai boyſeur,
Pas n'eſt beſoing d'eſtre très brave ;
Car oncques en face on ne heurt ;
Mais tout bas on médit, on bave.

LA PRINCESSE

LES batailleurs, je n'ayme guère !
Une princeſſe de chez nous
Avait un ſoldat pour eſpoux
Qui partit un jour pour la guerre.
Il revint tout eſtropié !
Depuis lors la dame ronchonne,
Car elle n'a que la moitié
D'un homme ; & ce n'eſt pas la bonne !

PIPE-DEZ *s'avançant à la place de Bataillard.*

JE crois qu'il vaut mieux comme moy

Tricher au grand jeu de la vie,
Et piper les dez & la loi
Pour avoir ce qui fait envie ;
Moy, je prends l'argent où il eſt,
Et pour mes travaux d'eſcolier
Je les pipe à qui mieulx les faiɕt.
J'ai tout proufiɕt, bien peu de peine,
Et très rarement... la migraine.

LA PRINCESSE

Monsieur fera ſouvent reffaiɕt,
Se aux jeux, ou bien en aymerie,
A de grands clercs en tricherie
Il veut trop faire paroli :
A tricheur, tricheur & demy.

FAUX-SEMBLANT

Et puis on ceint le gantelet
Pour s'en aller au Châtelet.

TESTE-VERTE *s'avance.*

Pour eſtre homme de grant affaire,
C'eſt aux femmes qu'il faudra plaire.
Elles ont des moyens charmants
Pour faire mouffer leurs amants !
Si nos myes ont les manches larges

F. BAUER

Et qu'on regarde comme honneur
D'être cocu par grans feigneurs,
On peut y recueillir des charges,
De l'or, de la joye, des honneurs.

BATAILLARD

Des honneurs, mais pas de l'honneur.

TESTE-VERTE

Mais pour tirer proufict des femmes,
Ne faut pas trop aimer fa dame,
Ni jaloufer. — Mieux on la bat,
Et mieux fon caquet on rabat !

LA PRINCESSE

Fi le vilain ! il dict qu'il bat
Sa mye & qu'il en bat monnoye.
C'eft trop de bonheurs à la fois.
Tefte-Verte ayme le boys,
Mais fa femme en aura fa charge !

FAUX-SEMBLANT

Teste-Verte en fait de boyfage
Eft pour la volée de boys vert,
Et pour égayer fon ménage,
Il veult mettre du bleu dans l'air.

BATAILLARD *à* TESTE-VERTE.

Et ſi rencontre homme farouche,
Jaloux, qui ſur le pré te couche?

TESTE-VERTE

Les femmes ſçavent au déduict
Mater un homme. — Une nuict
Suffit pour amollir ta force,
Nonobſtant ta largeur de torſe.
Souviens-toi du duel dernier,
Pendant lequel ta bonne eſpée
Se plia ſur moy détrempée,
Comme d'avoir trop beſoigné.

BATAILLARD *mettant l'eſpée à la main.*

Je vais te tirer une pinte
De ſang, aſſez pour que j'en teinte
Durandal.

FAUX-SEMBLANT

Bataillard, arrête!
Noſtre ami ſe ſert d'une arète,
Non d'eſpée, attends qu'il s'apprête.

LE MAISTRE

La paix! L'eſcolier vieillira ;
Adoncque moins il trouvera

La demoyfelle qui s'efchauffe,
Pour ceftuy boys dont il fe chauffe.

FAUX-SEMBLANT

s'avançant au milieu des tréteaux.

Vous n'eftes pas de vrais boyfeux !
Ni Bataillard, ni fa vaillance,
Ni Pipe-Dez, habile aux jeux,
Ni Tefte-Verte, l'homme heureux,
Non plus fes cornes d'abondance.
— Pour eftre un très parfait boyfeur,
Oyez ce qu'il vous faudrait faire :
Premier, il vous faut contrefaire
Du fage & du bon entendeur
(Sourd peut eftre bon entendeur),
Puis tout fçavoir & bien fe taire.
Or, pour ce faire, on nous apprend
Que Jupin fe rend invifible ;
Moy ne pouvant en faire autant,
J'ay pris moyen plus acceffible.
Je me dis : il n'eft pire fourd
Qu'iceluy qui ne veult entendre.
— Lors j'ai fimulé pire fourd !
Ainfy je peux ne pas comprendre
Ce qui déplaift, prendre un détour ;
Vrayment c'eft très commode d'eftre
Sourd, tout au moins de le paraiftre.

Sans qu'on le fache bien ouyre,
Loin d'un emprunteur pouvoir fuir,
Avoir le temps de réfléchir
Aux chofes, ou n'y pas répondre,
Ou faire femblant de confondre.
On peut ainfy tirer proufict
A fon infu de ce que fift
Un autre, ou de ce qu'il a dict;
Ouyr tout fans qu'on fe méfie:
Voicy comment je fais proufict.

BATAILLARD

Nous fçavons que tu fus menteur,
Bourdier, menfongier, rapporteur,
Faifant les chofes par traitrife,
Méchanceté, papelardise.
Tu reftes dans ton coin, tapi
Pour fçavoir la botte fecrète
Qu'à moy feul enfeigne mon maiftre,
Et fembles ne pas ouyr.

FAUX-SEMBLANT

Ouy !

LE MAISTRE

Mes leçons, je vous les répète;
Et même, quand vous reftez coy
Aux queftions, je m'apitoye.

F. BAUER

FAUX-SEMBLANT *faifant le fourd par habitude.*

Vous plairait-il parler plus fort ?

LE MAISTRE *bas.*

Non — Efcoliers — nous avons tort !
Faux-Semblant n'entend pas encor !
Mais tous les fourds, m'a dit le mire,
S'imaginent de bien ouyre :
Laiffons-le croire.

FAUX-SEMBLANT

inquiet et rôdant autour d'eulx pour les entendre.

Son discours
Je n'entends pas ! ferais-je fourd ?
Eft-ce punition divine !
Il crie — rôdant toujours.
Non, je ne veux pas être fourd.

LE MAISTRE, *paternel,* à FAUX-SEMBLANT

Non — point vous l'êtes !

à FINE-MINE
    Fine-Mine
Parlez, ô poëte fi cher !

FINE-MINE *s'avançant.*

Oh ! moy je n'ay faiɛt que des vers.

BALLADE

◧ *La gloire eſt choſe mentereſſe !*
Des ſeigneurs quittent leur comté
Pour prendre quelque fortereſſe
Au Turc, au More déteſté ;
Dans le manoir abandonné
Leurs dames feuillettent ung page,
Non leur miſſel enluminé.
Amour a tousiours l'advantage.

◧ *Contentement paſſe richeſſe !*
Amour en eſt plus que moitié ;
Car l'or & l'argent ſans lui qu'eſſe ?
Belle arme pour eſtropié,
Fines viandes pour édenté :
Quand le mire veut qu'on ſoit ſage
On regrette ſa pauvreté.
Amour a tousiours l'advantage.

◧ *Puiſſance ne vaut pas jeuneſſe ;*
Et le riche marquis âgé
Troquerait bien ſon droit d'aîneſſe
Contre ce Bel-Air dégagé
Qui faiɛt que tant eſt adulé
Le chevalier, ſans héritage,

Qui fera, dans Malte, exilé.
Amour a tousiours l'advantage.

❡ *Princeffe, diĉtes qu'à notre âge*
Il convient mieulx d'eftre adoré
Que puiffant, riche ou décoré ;
Amour a tousiours l'advantage.

LE MAISTRE

Voicy ma fentence, Meffieurs !
Bataillard joue pour un boyfeux
Un jeu vrayment trop dangereux ;
Pipe-Dez un jeu qui parfois crève
Et mènerait trop vite en Grève :
Tefte-Verte eft de boys trop vert ;
Fine-Mine rime des vers :
Boyfeur de poëte eft l'envers ;
Faux-Semblant, qu'il foit fourd ou feigne,
Eft celui qui plus près atteigne…
Ouy, c'eft Faux-Semblant le meilleur,
Parmi vous tous, maiftre boyfeur.
Donnez votre advis, Seigneureffe !

LA PRINCESSE

Aux boyfeurs peu je m'intéreffe ;
Pour ce, j'ay trop l'âme princeffe ;
Mais dans moy retentit encor
Comme un écho des rimes d'or

Du poëte & de fa ballade —
— Cela vaut bien une accolade.

Elle embraſſe Fine-Mine.

Las ! Las !... Dans mon cœur il me femble
Qu'Amour prélude à fa chanſon —
C'eſt très bas, très doux comme un fon
De théorbe qui d'abord tremble
Et puis s'élève & s'élargit
Jusqu'à n'entendre plus que luy.
— Venez avec moy, Fine-Mine,
Pour que mon demain s'illumine ;
Venez en mon pays lointain
Rofir l'avenir incertain
Et bercer ma mélancolie
Au charme d'une âme jolie.

Cy finiſt la vraye farce des Maiſtres Boyſeurs imprimée
à Lyon ſur le Roſne par Alexandre Rey demourāt
du coſté de l'empire près Sainᵈ Nizier
en ruë Gentil (autrefoys de l'Archidiacre) et a eſté achevée
le IIIᵉ iour de mars
l'an mil huiᵈ cent
nonante
neuf